KB163332

적
색
거
성

적색거성

1판 1쇄 인쇄 2019년 1월 23일
1판 1쇄 발행 2019년 1월 31일
—

지은이 박균수
—

발행처 미려심
발행인 고찬규 박균수
—

신고번호 제2018-000345호
신고일자 2018년 12월 26일
—

주소 (121-839) 서울특별시 마포구 양화로7길 84 영화빌딩 4층
전화 02-325-5676
팩스 02-333-5980
—

값은 표지에 있습니다.
ISBN 979-11-965926-0-8 03810

적색거성

박균수 시집

미려심

적색거성

220번지 첫 번째 길가 7호

안에서는 도무지 날씨를 짐작할 수
없었다 창틀에는 평행한 세로 줄 위에 하트 모양이 붙어
있는 쇠창살이
있었고 먼지들 안쪽에 난시의 창문이
자기 눈알의 크기만큼 위로 오르는 철계단을 사선으로
잘라
보여주었다 그것들 사이로 그을 수 있는 몇 개의 직선 위
에 시신경을
올려놓고 우산이 지나가는지 살펴보았다 언제나
한 개의 형광등과 두 개의 백열등과 또 한 개의 할로겐
등을
같은 채널의 라디오와 함께 켜 놓았고 그것들은 밤새
흰색 벽에서 신음 소리를 내며 가내수공업으로 거미줄을
짰지만 감각은
입자들과 파동들 사이에 있었다 아래쪽에서 발목을 울리
는
소리가 났고 눈치 채지 못하는 사이에 바닥이 조금씩
높아졌다 천장에서 당황한 발자국이 자정의 정수리를
가로질러갔다 한 달에 한 번쯤 등이 구부정한 사내가 주

름이 가득한 얼굴로

　문을 두드렸다 살충제라고 흰 마스크가

　말했다 분무기를 짊어진 사내는 구둣발로 걸어 들어와 후
미진 곳 곳곳에

　살색의 약을 뿌렸다 생각날 때마다

　벤자민 화분에 반 컵의 수돗물을 주었다 그것은 천천히

　어린잎들부터 말라죽어가고 있었고 물을 그대로 흘려보
냈다 화분이

　놓인 창틀은 내내 축축했고 그곳으로 잠깐 늦은 오후의
햇빛이

　예리한 각도로 쓰러졌다 멀리 갔다 온 날이면

　썩는 냄새에 빨리 잠들었다 인기척에 깨어 나가보면

　낯익은 벌레의 알들이 문가에 버려져 있었다

가로수가 있는 거리

내 발자국 소리가 무서워요
한밤중 거리
있어선 안 되는 곳마다 푸들거리는
어두운 빌딩의 근육들
하늘을 뒤덮은 검은 손아귀
누가 등을 구부리고 울고 있어
다가가면 쓰레기더미로 굳어져 버리고
그는 얼마나 오래 기다렸을까요
기다려도 나타나지 않을
이유 없는 잠을 찔러 넣어줄 사람
활짝 열린 동공으로
더러운 빛을 빨아 먹으며
나를 두려워하고 있는 걸까요
뻥 뚫린 내 눈에 손가락을 넣어보는
의심 많은 바람
바람은 약한 자의 손목을 자르고
나머지들은 아직도 수치스런
얼룩으로 웃어대요
붉은 개미핥기가 내 눈에

길고 끈적끈적한 혀를 집어넣어
뇌를 헤집으며 구더기들을 잡아먹고 있어요
눈에 불을 켜고
그림자를 마구 채찍질하며 질주하는 증오들
나도 손톱을 기를까요
부질없이 콘크리트 벽을 할퀴고 있는
한밤중 가로수 기다란 손톱들

관찰

  여자는 자신의 그림자가 배경으로 흩어지려는 걸 어깻죽
지로 간신히
  받치고 있다 테이블 모서리에서 오후 5시 49분의 꽃병이
  흔들린다 주민등록증을 넣도록 되어 있는 지갑 안쪽 비닐
칸에 사진을
  도로 끼워놓고 정수기 쪽으로 걸어가 여자는
  물 따르는 소리 속에 잠긴다 유리컵과 여자는 창가에 서서
  밖을 본다 사격장의 새들처럼 흩어지는 붉은 구름들이
있고
  눈을 뜨는 차들과 건물들이 있다 여자의 초점이
  여기저기로 옮겨 앉았다가 한 곳에 달라붙는다 유리컵
속의 물이
  조금 출렁인다 무엇인가 도려내듯 조각조각
  관찰한다 여자의 손가락이 얼굴 위를 기어다닌다 유리컵이
  여자의 입술에 충돌하고 여자 쪽으로 기울어졌다가
  세워진다 여자의 앞니가 유리컵을 깨물다가
  놓는다 여자의 턱 근육이 긴장했다가 풀어진다 아랫니를
몇 번 부딪쳐
  딱딱한 소리를 내고 여자는 문 쪽으로 걸어간다 여자의

팔이

손잡이 쪽으로 움직이다가 정지한다 여자는

돌아와 무릎을 꺾고 앉는다 젖은 유리컵의 바닥이

테이블에 접착된다 휴대폰이 들어 올려지고 이어폰이

여자의 귓바퀴에 고정되고 밝게 빛나는 화살표 위에 여자
의 손가락이

올려진다 발을 규칙적으로 움직이며 여자는 책을 한 권
펼치고

그쪽을 바라본다 여자의 발이 멈춘다 여자의 시야에 검
은 체크무늬가

흘러간다 여자는 귓속으로 파동을 쏟아내는 덩어리를

던져버리고 일어나 빠른 속도로 불규칙한 동선을 따라 움
직인다 여자의 척추가

다시 창 앞에 곧추선다 여자의 예리한 속눈썹이 겹쳐진
다 여자의 이마가

힘없이 유리에 닿는다 저녁 6시의 뻐꾸기가 뛰쳐나와 운다

광신자

아침이면 날카로운 비늘들이 눈을 찌르고
햇살에서 비린내가 나요
상해버린 생선의 내장 그래요
먹음직스런 한 마리 디스토마
꿈틀거리는 희망이죠
입 속에 하얗게 알을 슬어 놓을 거예요
우리의 귀여운 아이들을 위해서
우툴두툴한 피부조직 속에
알을 품고 다니는 두꺼비처럼
도망쳐야 해요
숫자 평면 바퀴 쇳조각 따위를
좋아하고 잔인한 예술을 즐기는 자들
석고상으로 만들기 위해 그들이
얼굴에 금을 긋고
필요 없는 부분을 도려낼 거예요
바닥에 떨어져서도 튀어다니겠죠
핏빛 기도와 기다림을 찬미하던 노래들
독한 입 냄새를 풍기며 어둠이 또
하루치의 불감증과 정성어린 욕망을 주사하고

순도를 높여달라고
잠들지 못한 뇌세포들은 아우성이죠
아무리 퍼내도 지나고 나면 꼭 그만큼
찰박거리는 숨소리 쇼핑목록
그것도 끝이죠
큰 칼을 가져오겠다던 당신이 돌아오면
아주 단숨에

그날 택시 유리창에 간 금

그날 시내로 가려고 택시를 탔는데 그건 그가 넣어진 수많은 택시 중 한 대였다 차종도 같고 번호판도 같고 운전기사도 같았다 조금 다른 점이란 유리창에 간 손바닥만한 금이었다 최초의 충격 부분으로 보이는 하나의 점으로부터 사방으로 가늘고 불규칙한 선들이 뻗어 나와 있었다 그는 금을 보지 않으려고 애썼지만 그의 시선은 이미 금에게 난폭하게 잡아끌리고 있었다 그는 가늘게 떨리는 손등으로 이마를 닦았다 유리창에 금이 갔다고 그가 말했고 자갈을 싣고 가던 덤프트럭을 뒤따라가다 그렇게 됐다고 운전기사가 짤막하게 말했다 흘끗 금을 쳐다보는 운전기사의 눈빛이 살해 현장을 확인하는 증인의 눈처럼 빨랐다 침이 그의 목구멍을 통과하며 부주의하게 성대를 울렸다 쉽게 택시는 과속되고 있었다 벌어진 금의 손아귀 사이로 길들과 건물들과 차들이 빠르게 지나쳤다 햇살이 일정한 각도에 놓일 때마다 금이 예리하게 빛났다 그의 숨소리가 거칠어지고 있었다 택시가 요철이 심한 낯선 길로 접어들었다 금이 그의 몸에 그림자를 드리웠다 그의 몸이 비틀렸다 그가 덜컹거렸다 금이 그의 몸에서 빠르게 자라나고 있었다 그의 눈이 치켜떠지며 눈동자의 동그

라미가 온전히 드러났다 그의 전정 기관이 좌우로 수평을
조금씩 착각했다 횡단보도 정지선 앞에 급정거하며 그가
크게 요동쳤다 그의 시선이 금의 끝으로 움직였다 그가
귀를 막으며 소리쳤다 길가에서 손을 들면 그 택시가 와
서 선다 차종도 번호판도 운전기사도 같다 가끔 그는 택
시를 타지만 그날 택시 유리창에 간 금은 보이지 않는다
그의 눈길이 금이 있던 자리로 간다

그녀의 저녁 산책

맥도널드에서 무슨 세트인가를 구입하면 준다는 뱅뱅 자동차 어디서 봤는지 그걸 사달라고 자꾸자꾸 다짐을 받으려 드는 아이의 손을 잡고 나섰던 저녁 산책이었네 어두운 나무들의 손놀림 위로 하나 둘 부표처럼 떠오르는 가로등과 자신의 무덤을 고르느라 부산한 밤벌레들 공원 한 쪽에서 스케이트보드를 타는 아이들의 얕은 깔깔거림 모든 것이 꿈처럼 느껴졌네 너무 먼 곳까지 와 버린 건 아닐까 영원히 돌아갈 수 없는 곳까지 와 버린 건 아닐까 천천히 도리질하며 아이의 손을 힘주어 잡고 한 번도 가보지 않은 공원 깊숙한 길을 걷고 있었네 참새들이 총알처럼 저녁 하늘을 꿰뚫고 날아갔네 그때였네 싸아 저 앞에서 분수가 솟구쳐 오르고 빠른 속도로 우르르 흩어지는 마른 분수대에 앉아 있던 사람들의 가벼운 비명과 탄성 탁 손을 떨쳐버리고 동그란 눈으로 씽씽 달려가는 아이를 가는 눈으로 바라보다가 문득 올려다 본 하늘 붉고 깊은 하늘 피 먹은 약솜 같은 구름이 엉겨붙어 있는 그녀의 저녁 산책

꽃들의 검고 거대한 덩어리

작업복을 입은 사내들이
검은 산을 향해 연장을 치켜들었다
사내들의 쉿빛 피부와
뭉툭하게 뭉개진 오함마의 이마와
가파르게 잘려나간 도끼와 곡괭이의 어깻죽지가
땀 냄새에 찌든 오후의 햇살을 튕겨냈다
거친 숨소리 틈에서
미리 흘러나온 쉿소리의 잔향이 길었다
사내들이 일제히 연장으로 내려쳤다
버려진 꽃들이 한데 모여
빽빽이 엉겨 붙은 채 여러 해를 지나고
젖었다 마르고 얼었다 녹기를 반복하면서
섬유질이 바위처럼 단단하게 굳어버린
꽃들의 검고 거대한 덩어리
사람들이 구간을 정해 붙여놓은 색깔과 의미로
저마다 휘황찬란하게 빛나던 꽃들은
검고 거대한 덩어리의 검고 작은 점이 되었다
바람 부는 밤마다 검고 거대한 덩어리는
이해할 수 없는 목소리들을 홀씨처럼

검은 뼛가루처럼 떠내려 보냈다
주민들의 민원이 끊이지 않았다
오함마와 도끼와 곡괭이로 내려쳤는데도
소리가 나지 않았다
부딪친 자리만 조금 패일 뿐이었다
소리와 충격을 흡수하는 블랙홀 같았다
몇 번 더 연장질을 하고
사내들은 지쳐 나가떨어졌다
신경질적으로 손가락질을 하며 고함을 치던
안전모를 쓴 사내가 휴대폰을 꺼내
어디론가 전화를 했다

날개

얼음과 모래 위를 걸어가
세상의 끝
몸을 던졌네
표정 없는 아이
어둠 속에서
한 없이 한 없이
아래로 떨어졌네
평생보다 더 오래
떨어지고 나서야
문득 슬퍼졌네
몸뚱이보다 느낌들이
시간들이 가여웠네
외로워져 하염없이
목 놓아 울었네
마음 속
깊이 깊이에서
기억보다 더 오래
떨어지고 나서야
문득 무서웠네

바닥이 쓸쓸할까
표정 없는 아이
마른 눈에 두려움이 가득찼네

당신을 본 적이 있다

어느 날 어디선가 당신을 본 적이 있다 자신들보다 의견들을

앞세우며 격론을 벌이는 사람들 틈에서 텅 빈 눈동자로 당신은 무엇인가를

응시하고 있었다 다른 차원으로 이어져 있을 깊은 구멍에서 흰개미들이

기어 나와 당신의 발등 위에 느리게 집을 지었다 당신은 움직이지

않았다 낙지와 게들의 뻘에서 갯내를 물고 온 갈매기 한 마리가

당신의 어깨 위에 앉아 쉬었다 세상의 늙은 태양이 밭은 기침을

해대며 당신의 앞자락에 피를 토했다 당신은 놀라지 않았다 오랜 시간이

지나도록 사람들의 토론은 끝나지 않았고 당신은 꼼짝하지 않았다 누군가 당신에게

의견을 물었다 표정과 표정 사이 한 사건이 끝나고 아직 아무 것도

시작되지 않은 시간의 궤도에서 이탈한 철길 한가운데서

당신은 뭔가

　중요한 말을 하려는 것 같았지만 입술만 꿈틀거릴 뿐이었
다 누구를 향한 말도

　아닌 것 같았다 당신의 뒤쪽에서 편두통의 사방연속무늬가

　펼쳐졌다 저녁의 어둠이 당신의 이마를 짚었다 거대한 선
인장들을 지나온 검은

　도마뱀이 당신의 다리를 기어오르고 있었다 당신은 아무
것도

　느끼지 못하는 것 같았다 마른 진흙덩이들이 당신의 눈
에서 후두둑 쏟아졌다

당신의 금광

당신에게서 벗어나려 깊고 어두운 동굴로 내려갑니다 갈림길마다 더 좁은 길로 더 아래쪽으로 살갗으로 된 날개들 푸득거리며 얼굴을 스쳐 지나고 익숙한 목소리가 불켜진 테이블에 앉아 이름을 불러도 돌아보지 않았습니다 자신의 목소리를 흉내내며 즐거워하다 그 게임에 갇혀버린 이상한 어둠과 연거푸 발음되다 앞 뒤 순서를 잊어버린 두 음절의 느슨한 관계 속 가장 밑바닥이라고 더 이상 지날 수 없는 곳이라고 느끼는 순간마다

, 당신은 지평선으로 된 광장
, 폭포처럼 쏟아지는 빛

태양의 거미가 반짝이는 줄을 타고 내려와 내 이마 위에서 길고 가벼운 다리를 들어올리며 춤을 추었습니다 당신의 모든 금광을 내게서 캐내어 주세요 실핏줄까지 빛나게 해주세요 천근만근의 나를 사금파리 가루처럼 들어올리고 참혹한 사막의 폐허마다 마른 눈꺼풀마다 눈부시게 젖은 입맞춤을 주세요 당신을 떠날 때마다 당신 속을 헤매었습니다 동공이 닫혀진 채 정지한 눈동자를 가져가세요 그곳에 밝고 텅 빈 어둠을 남겨주세요

도시의 불빛

밤에 도시를 떠나거나 도시에 닿을 때
비행기에서 내려다보면
무섭다 불빛들 수백만 수천만 셀 수도 없는
별보다도 더 많은 불빛들
둥그런 땅거죽을 빽빽이 촘촘히
덮고 있는 불빛들 저마다 아등바등 눈을 부릅뜬 불빛들
어쩌자고 저 위에 살고 있던 것들 다 죽이고 어쩌자고
아직도 사방으로 침이 뚝뚝 떨어지는 빛을
쏘아대고 있나 휘두르고 있나
칼날처럼 굶주린 빛을
금새 연쇄폭발해버릴것같은,

내가 속한 종(種)이 무섭다

땅 끝에서

아직도 너에게선 긴 긴
바람이 불고
꿈자리마다 쉼 없이 나부끼는
해초 같은 머리칼
눈감아 지나버린 그날의 네 손
밀물처럼 다시 잡았다
썰물처럼 놓으며
나는 더 이상
나를 죽이지 않기로 했다
아직 살아 파닥거리는 기억을 물고
날아가는 갈매기
고통의 지층을 파도에게 보이고 선
해안 절벽 바위 틈새엔 다시
잎 푸른 잡초가
한 줌 모래에 의지해 서고
바다와 하늘을 갈라놓는 금을 보며
나는 더 이상
상처 위에 덧난 사랑에
소용돌이치지 않기로 했다

러닝머신

사람들은 거침없이 달려간다 사람들은 달려가는 사람들을 바라본다 도시 한복판에 4층으로 된 그 건물은 바위 틈에 몸을 숨긴 거대한 직육면체의 해파리같이 보인다 앞면이 유리로 되어 복잡한 내장기관들의 번쩍이는 움직임과 자신이 삼킨 사람들의 움직임을 보여준다 그 특별한 기계는 유리 바로 안쪽에 일렬로 배치되어 있고 사람들은 그 위에 하나씩 올라가 한쪽을 향해 달려간다 반바지와 반소매 티셔츠가 그들의 유니폼이다 콜레스테롤을 뚝뚝 흘리며 모두들 진지하고 확신에 찬 표정으로 무한궤도 위를 달려간다 가끔씩 흘끗거리며 자신이 지금까지 달려온 거리나 현재 속도 앞이나 뒷사람의 상태를 확인하고 안심하거나 불안해한다 지쳐 낙오되면 다른 사람이 재빨리 그 위에 올라 전 사람이 가던 길을 같은 모습으로 부지런히 달려간다 건물 앞을 지나던 사람들은 멈춰 서서 달려가는 사람들을 쳐다본다 아무 말도 하지 않는다 어떤 사람은 달려가는 가슴들을 유심히 어떤 사람은 달려가는 특정한 운동화만을 뚫어지게 또 다른 어떤 사람은 달려가는 얼굴들을 차례로 쳐다본다 더러 눈알을 굴리며 한참을 그 앞에 서 있다가 달려가는 사람들의 표정이 되

어 안으로 들어가는 사람도 있지만 대부분 잠시 서 있다
가 사라진다 이른 새벽부터 밤늦게까지 사람들은 끝도 없
이 한쪽을 향해 달려가고 사람들은 한쪽을 향해 달려가
는 사람들을 바라본다 아무도 그 사람들을 붙잡고 도대
체 당신들 어디로 가고 있는 거냐고, 묻지 않는다

맨틀

이곳을 지날 때면 그는 허리가 뻐근하다 느리게
그는 도시 아래를 지난다 엄청난 무게들이 다른 곳으로부터
이곳으로 옮겨 왔고 점점 더 많은 양의 물질들이
이곳에서 연소되고 있다 이곳의 지각은
아래쪽으로 특이하게 불룩해져 있다 한 번도
바깥으로 나가 본 적이 없기 때문에 겉에서 무슨 일이
일어나는지 확인할 수 없지만 그는
추측할 수 있다 많은 물체들이 마찰을 일으키며
운동하고 있고 그로 인한 소음으로 가득하다 그것들은
규칙적이고 낮은 파장들과 격렬하고
고조된 파장들과 단발적이고 거대한 파장들의 뒤죽박죽
으로
그에게 전해진다 겉에서 일어나는 일들이 그에게
흡수되는 데는 오랜 시간이 걸리지
않는다 살아 있는 것이 아니기 때문에 그는
배타적이지 않다 그는 모든 것을 감수하며 모든 자극은
그에게 녹아들어 그의 일부가 되고 그의 몸은
점점 신열로 달아오르며 억제할 수 없는 충동에
사로잡혀가고 점점 유연해지고 점점

활발해진다 죽어 있는 것이 아니기 때문에 그는 아주
자연스럽게 평형을 찾아 흐른다

물의 시간

기름 찌꺼기에 눈알을 희번덕거리는
검은 갯벌
숭숭 구멍이 뚫린 땅에 흰 복숭아뼈를 묻고
넌 울고 있어
조개들은 어떡하죠 조개들은 그 뼛속
여리고 목마른 혓바닥들은
바람은 회색이고 네 머리카락과 연결돼 있고
밀물은 방조제까지만 왔다가 머뭇거리다
돌아가고
머리를 매장하고 웅웅거리는 폐선
네 어깨는 무거운 금속으로 굳어가고
한낮의 햇빛으로 번쩍거리고
오래된 집에서 미라가 됐을 거예요
모공도 없는 솜털도 없는 질긴
가죽 안에 갇혔을 거예요
갯것들 짠맛도 모르는 자궁 속
어린 낙지들
큰 바퀴에 실려 비싸게 산
마른 흙들 국도 어디쯤인가를 질주하고

모두 묻혀버릴 거예요

끝끝내 발굴되지 않는 화석일 거예요

검은 금들이 네 파란 발가락을 지나 딱딱해진

종아리를 지나 허리로 휘청거리며 뛰어오르고

큰 물의 시간이 올 거야 마침내

네 몸 위에 서럽고 고단했던 영혼을 풀어놓으면

사랑해

풍화된 네 해골 위로 파도가

미쳐 날뛰고

바람

바람에게 무엇을 바라나
풀잎인 그대를 흔들고
머리결인 그대를 쓰다듬고
지나가네
무게도 부피도 없이
빈 마당인 그대를 비질하고
먼지들인 그대를 일으키고
조약돌인 그대를 덜어내고
이름들의 숨결에 녹아 있는
움직임일 뿐
거미줄인 그대를 반짝이고
새벽 물결인 그대를 깨우고
찬 이마를 가리며
그리워하는 그대인 그대에게
가늘게 입 맞추고
지나가네
짧은 지속일 뿐

밤의 노래

해가 지고
검붉은 자투리 빛만
천 갈래 만 갈래 바람으로
어두운 머리에서 하염없이 자라나 물결치고

꺼내보면
아직 살아 김을 훅훅 뿜으며
울뚝불뚝하는 심장
함께 달려 나와
투명한 머리를 달랑거리는 욕망

꿈결처럼 낮게 으르렁대는 소리
수평선 너머에서 번쩍이는 붉은 섬광
얇은 유리로 된 장막을 싣고
고요히 날아오르는 고래

벼랑 끝의 집

벼랑 끝 거대한 사각형의 집이 있었다
사각형엔 수많은 구멍들이 뚫려 있었고
구멍들엔 여자들이 하나씩 들어 있었다
벼랑 면보다 사각형의 면이 더
앞으로 돌출되어 있어
여자들은 허공에 떠 있는 것이나 마찬가지였다
허공 속에서 여자들은 바쁘게 움직였고
가끔씩 구멍 끝에서 담배를 피우고
불씨가 남아 있는 꽁초를 밖으로 버렸다
밤이면 무수한 꽁초들이 나선형을 그리며
떨어져 내렸다
구멍에 수시로 남자들이 드나들었다
여자들은 애벌레 같은 아기들에게 젖을 먹이고
물레를 돌려 실을 자아내고
검은 빨래를 눈부시게 흰 빨래로 바꾸어
구멍 끝에 널었다
바람 부는 날이면
구멍 끝마다 널어놓은 하얀 빨래들이
찢어진 깃발처럼 펄럭이다

가느다란 줄을 놓치고
허공에서 배추흰나비처럼 너울너울 춤을 추며
떨어져 내렸다
여자들도 그 속에 섞여 떨어져 내렸다
아기들이 시끄럽게 울어댔다

병든 새

눈이 풀린 비가 실성한 사람처럼 주저앉는다

무거운 피가 모두 끓어 넘치면
밑바닥에 들러붙은 질긴 기억의 섬유질
그릇째 내동댕이치고
슬몃 날아올라 높은 공중
원하던 대로 아주 객관적이 되어버린 나 자신과
나를 게걸스럽게 뜯어먹고 있을
초면의 짐승에게 인사해야지

입을 꾹 다문 지저분한 오리들
북쪽으로 날아간다

새면 떠나야지
비 개인 새벽
물방울을 잔뜩 잡아놓은 거미줄
그 안에 갇힌 빛의 씨앗들
후두두두둑
떨구고

봄의 반복

내몽고에서 아기가 죽어
먼지가 되었고
검은 물결 위에 내려앉아 녹았다
자궁 밑바닥에서 긁어낸 비린내
자본주의적 전통
황화합물과 섞여 반응하고
부풀었던 풍선들 모두 터지고
살점으로 된 막들
지친 빨래처럼 하늘거리고
햇살이 팔을 활짝 벌리며 웃었다
새파란 새순 돋는
팔 잘린 플라타너스

불안의 집

혈관을 질주하던 성미 급한 피톨들아
자주 끊어지던 발자국들아

성적표가 든 가방을 질질 끌고 가는 아이
상점으로 들어가는 종이 박스들을 바라보는 노인
대형마트에서 세일 중인 고기 팩을 들여다보는 여자
사무실에서 소리를 죽이고 게임에 빠져 있는 남자
맨홀에서 숨을 멈추고 썩은 흙을 파내는 노동자
다리미질을 멈추고 흘끗 드라마를 보는 세탁소 남자
산부인과 대기실에서 시계를 보는 단란주점 여자
멈춘 기계 속으로 머리를 집어넣는 노동자
손톱으로 땅바닥에 괴물을 그리는 아이

먹구름 내달리는 새벽의 고요
불안의 흰 뼈마디들아

그리운 사람들은 사랑이 꿈꾸다 간 자리에 내려앉고
난파한 배를 저어 우리는 간다 우리들만
알고 있는 자리마다

꽃봉오리 폭발하는 계곡 방랑하는
메아리는 산산이 부서져라 우리는
무질서해져라

돌아와 보면 언제나 불안의 집
아무 것도 없는 주머니가 눈물나게 따뜻하다

해가 지는 곳으로 찾아오렴 새들아
한 모금 휴식을 찾아 낯선 대륙을 떠돌다가
폭풍우 치는 검은 바다를 건너온 새들아

불행

어느 햇살 맑은 날
그는 빈 옷걸이처럼 창가에 서 있다
녹슨 편지함의 모서리를 어루만지는 햇살과
아침 이슬을 마시고 가늘게 몸을 떨며
막 눈을 뜨려는 살구꽃 봉오리와
그 주위를 초조하게 날아다니는 모시나비와
철없이 잔디밭을 뒹굴며
장난에 빠져 있는 강아지 형제들을 바라본다
마침표를 도려내는 면도날
희미한 미소가 거즈처럼 유리창에 엉겨 붙는다
첫봄의 미풍이
서로를 베개 삼아 잠들어 있는 강아지들을 쓰다듬고
낯익은 제비들이
집터를 찾아 처마 밑을 기웃거리는
어느 햇살 따스한 날
그는 하염없이 창가에 서 있다
버려진 유리병처럼
깨알 같은 새끼 거미들이 내장을 다 파먹고
얇고 반투명한 어미의 껍질을
햇볕에 매달아 둔다

빗질의 노래

잠들었다 일어나 그녀가 머리를 빗네
달빛 아래서
실크 슬립이 등뼈를 따라 깊은 골짜기
근처에서 찰랑거리다
골반의 두려운 가능성
주변에서 놀라 팽팽해지네
거울 속에서 그녀는
솜털들에게조차 희미한 의미를 부여하며
희고 가느다란 목을 꺾고
젖지 않으려고 핑크빛 발뒤꿈치를 드네
창백한 팔에서
예리한 팔꿈치를 돌아
파란 피가 내비치는 팔뚝을 지나
작은 베어링이 들어 있는 손목에 돋아난
손의 쓸모 있는 진화
얼굴만큼 큰 빗을
허공의 레일 위에서 천천히 밀고 가며
그녀가 머리를 빗네
반복된 긴장에 지친 머리카락들

긴 지느러미로 물결치듯 헤엄쳐 나와
늙어가는 허밍 속으로 가라앉네
달빛 아래서
빗질은 한순간도 멈추지 않고
그녀는 깨어나지 않네

사랑

언젠가 당신의 사랑도 지치겠지
더 이상 어둠 속 거울 앞에 앉아
얼굴을 감싸 쥐지 않겠지
정돈된 넓은 방안을 천천히 거닐다
실눈으로 창문 쪽을 바라보다
출입문으로 걸어가
처음으로 손잡이 쪽으로 손을 뻗겠지
채 손이 닿기도 전에
쇼핑센터의 자동문처럼 문이 열리고
잠깐 산책을 가듯 방을 나서겠지
등 뒤에서 닫힌 문이 사라지는 줄도 모르고
마른 꽃들 아래
나비들의 무덤을 지나
빛바랜 천 조각들 주렁주렁 열린
죽은 나무들의 숲을 지나
손길에 닦여 반질해진 검은 바위에 앉아
말라버린 샘에 발을 첨벙거리고
구름 한 점 없는 바람 한 점 없는
검붉은 하늘을 올려다보겠지

피와 살점이 말라붙은 가시덩굴
옷깃만 스쳐도 후두둑 부러지고
작은 짐승들의 옛집
잊혀진 구멍들을 지나
시멘트로 메워진 벼락 맞은 고사목 아래로
풀벌레들 날뛰던 풀밭 자리 너머
물길 끊어진 개울 징검다리 건너
샛노란 보도블록이 깔린 넓은 길을 따라
나의 거대한 자연사 박물관
철골만 남은 건물들의 도시 안으로
음악이 흐르던 상점들
아직도 웃음소리가 묻어 있는 스피커
아무도 없는 광장
발끝에서 익숙한 스텝이 되살아나
잿빛 허공의 손을 잡고 춤을 추겠지
입맞춤의 기억이 드러나는 줄도 모르고
긴 잠에서 깨어난 먼지들
귀찮은 듯 날아오르겠지
빈 골목들

빈 집들
어느 가슴 서늘한 집
손가락이 알고 있던 번호를 누르고
삐걱거리며 삭은 문이 열리겠지
식탁에 앉아
무표정하게 손에 든 것을 바라보고 있는
낯익은 형체를 보게 되겠지
빛바랜 사진
아무리 소리쳐 불러도 미동도 하지 않겠지
앙상한 어깨에 손을 올려놓으면
마침내 내 사랑은
조금씩 몸을 허물어뜨려 바닥에 쌓이겠지
언젠가 내 사랑도 지치겠지
당신의 사랑도
서서히 무너져 내 사랑 위에 쌓였다가
창이 열리고 바람이 불어
흔적도 없이 흩어지겠지

사랑의 마음

그곳에 문득 해가 지고
행인은 자신이 눈길 둔 곳이
노을이라는 걸 깨닫는다
천 가지 색 옅은 구름들이 피어나고
가슴 속으로 스며들며 천천히 어두워지고
어느새 곧은 나무들이 자라나
연약한 이파리들을 길러내고
떨리는 손가락처럼 바람이 불어나와
예리한 나무 그림자를 느리게 흔들다가
행인의 마른 눈을 감기우고
처음 맡아보는 냄새가 흘러나와
조용히 퍼지고
어디를 가든 따라다니게 될 거라는
기억에 휩싸인다
깊어지는 어둠을 바라보며
하염없이 서 있다가
행인은 문득
가슴 깊은 곳의 통증을 깨닫는다

사랑의 맹세

아직도 거꾸로 매달려 있나요
아직도 기다리고 있나요
기쁨과 찬미의 예리한 색깔들
눈을 찌르며 폭발하던 꽃다발
머리로 몰려드는
작디작은 핏방울들
날개 다친 먼지들과
하나씩 바꾸고 있나요
빽빽한 공기에
하나씩 끼워 넣고 있나요
끝없이 말라가는 검은 얼굴들
이제 그만
불살라달라고 애원하고 있나요

상실

가끔씩 반짝거리며 오래 강물에 씻겨 모서리 닳은 목소
리가 구릅니다 밤의 머리카락은 보이지 않습니다 미소가
정지된 사진틀 흔해빠진 벽걸이나 삐걱거리는 의자 하나
없습니다

거미는 집을 짓지 않아서 날것들은 날아오지 않습니다 기
어 올라간 틈이나 가느다란 구멍이 없는 건 아니지만 아
무도 살지 않습니다 개미의 종종걸음 귀뚜라미의 노래 데
리고 가버린 오래 전 말라버린 강이 기다랗게 흐릅니다

깊게 패인 바닥에 가라앉아 있는 바스라지기 쉬운 물풀
결백한 물고기뼈 물위를 통통 뛰어다니던 약속이나 웃음
소리 빛은 이미 단단해진 그것들 속에만 숨어 있습니다

슬픔

가면 간다고 일러나 주지
낯이라도 씻어둘걸
꿈결 물결 그대 흘러가
모진 향기 온기들만 남겨두고
나비벌 입맞춤도 지쳐버린 연못가에
마음 병든 수국 파랗지

신비한 의식

매일 아침 그들의 청각은 항진되어 있고 근육은 긴장되어 있다 치매의 가겟집 노파가 누런 종이 봉지를 부스럭거리며 드르륵 새시 문을 밀고 나오면 그들은 앞 다투어 노파의 발아래 머리를 조아린다 둥글고 작은 머리들 위로 소낙비처럼 쏟아지는 흰색의 알갱이들 그 기적 같은 시각효과 그들의 심장은 일제히 한계 속도로 진동하고 모든 근육들은 재빨리 위치를 바꾼다 성대에서 우수수 쏟아져 나오는 단절음들 그들은 흰색 이외에 아무 것도 볼 수 없고 의식할 수 없는 상태가 된다 태초 이래 그래왔다는 듯이 순식간에 그리고 자연스럽게 주문을 외듯 노파는 알아들을 수 없는 말들을 풀어진 웃음과 투명한 침에 섞어 흘린다 가끔 그들에게 축복을 내리기라도 하듯 두 팔을 크게 벌리기도 한다 겨우내 노파는 자신의 양식으로 그들을 먹이고 그들은 매일 아침 의식을 행함으로써 노파를 섬긴다

신열의 바다

말랐던 땅은 다시 젖어들고 해변의 모래알 속에서 별은
차가웠어요 노랫소리를 기억하시겠지요? 강풍에 토막토
막 끊어져 뒤로만 달아나던 당신이 뭐라 해도 난 알아듣
지 못했을 거예요 벌써 다 알고 있었다고요? 예? 아무 말
도 안 했다고요? 폐선을 붙들고 펄럭이던 시간이었나? 눈
빛이었나? 아무래도 우리는 지나치게 유쾌했고 파도를 그
렇게 약 올리는 게 아니었어요 당신의 해변도 어디선가 끝
날 것이고 그쯤에서 기억도 멈추고 싶어 하는 걸 나도 알
고 있었던 것 같아요 눈물을 흘린 건 녹아버린 시간이었
나? 당신이었나? 당신이 즐겨 마셨다던 술을 다시 마시러
가야지요 노선버스가 지나다니지 않는 길인데요 택시를
잡아요 서로가 게워낸 치욕을 조금씩 나누어먹을 은밀한
곳 외로움을 잊기 위해 외로운 성을 쌓고 해변에 주저앉
아 모래알이 되었나요? 그 무표정을 배우셨나요? 눈앞에
폭풍우 치는 바다 살이 꺾어진 우산을 받치고 슬리퍼를
신은 신열의 소녀 눈을 동그랗게 뜨고 우릴 바라보고 있
어요 위험해요 손을 꼭 잡아요 곧장 앞으로만 걸어요 천
천히

쓸쓸한 위로

그는 잠들어 있지 않았다 가끔씩 물을 마셨고 방안을 왔다 갔다 하다가 한동안 거리를 바라보았고 이젠 자리에 누워 눈을 감고 있지만 잠든 체 하고 있을 뿐이었다 그도 내가 잠들어 있지 않다는 걸 알고 있을까 내가 안다면 그도 알 것이다

새벽의 고요 속에서 그의 숨소리와 내 숨소리가 일정한 리듬을 만들고 있었다 그 리듬은 그와 나 사이의 물리적 거리와 마음의 거리를 묵묵히 떠다녔다 내 텅 빈 공간과 그의 텅 빈 공간이 서로를 바라보는 쓸쓸한 위로 부드러운 털이 보송보송한

육중한 바람이 헐거운 창문을 흔들었다 날이 밝아오고 있었다 눈을 뜨지 않고도 알 수 있었다

어두운 마음

얇은 지붕에 머리를 부딪치고
파산하는 음표들
비가 내리고
새들의 발자국 가득한 흙바닥
피어오르는 땀냄새
아이는 수국 가지를 꺾어
진흙 위에 무서운 그림을 그리고
낮게 으르렁대는 천둥
녹아내린 어둠이 바다로 흘러가고
아이는 점액이 솟아나는 혀로
모래를 핥으며 기어가고
고요히 주사되는 빗방울들
비늘을 푸르르 떠는 검은 물

어두운 친구

얼음장 같은 거울
이마 쪽에서 겹겹이 잔물결이 풀려 나온다
자꾸 흰 어깨를 움츠리는 꿈
숫자가 중요한 게 아냐
우리는 뼈다귀 같은 나뭇가지들을 모아 이쪽에 한 점
거품 같은 모닥불을 피운다
바닷바람은 결대로 살을 저미고
우리는 언 혈관을 녹이며 장난을 친다
어휴 이 배때기에 기름기 좀 봐
넌 대가리 속에도 비계가 꽉 찼다 야
사회적 교양이라니깐
불티들이 하잘것없이 날아올라 대기의 검은 입술
안쪽으로 스며들고
우린 이런 종류의 노린내가 철없이 즐겁다
안 그래도 어디로 갈 건지 물어보려던 참이었어
모두들 움직이는 거잖아 얼어붙은 물고기들도
날이 풀리면 반쯤 남은
딸꾹질을 마저 하게 될 거라니까
잔말 말고 이리 와봐 젖은 근육을 말려줄게

물기가 없어야 가벼운 거야
그만 둬 네 눈이나 말려
입술 쪽으로 긴 꼬리를 꿈틀거리며 또
별똥별 하나가 흘러가 죽고
저쪽 한 점에서 틀림없이
해저로부터 힘겹게 떠오른 불빛을 만날 거야 그치?
지나치게 선명한 얼굴
전부가 꿈은 아닐 거야 응?
우리는 영혼도 없이 사라져할 할 그리움들을 향해
쓸쓸히 웃어주었다

여름의 끝

여름은 가고 분노만 남았다
너를 은폐하던 태양이 눈알을 돌려
자신의 마음 속 어둠을 훔끔거린다
너는 비로소 환하게 드러난다

대지의 모든 것들 위에 흘러 넘치던 빛
돌이켜보면
떨리는 목덜미의 솜털에서
파도가 울고 간 모래알 틈에서 부서지던
빛들은 찬란했다

내 식은 눈 위에 떨어져 꽂히는 네 얼굴은
이제 보니 검다

황금빛 숲으로 깃들던 새들의
목뼈를 부러뜨리고 손끝에 오래 남은
작은 진동

분노는 푸른 잎처럼 사그라지고

욕망이여
너는 구근처럼 자신을 매장하고
죽은 척 한다

열대어

갈 곳 없는 피를 찰랑거리며 사내가 머뭇거린다
진동 없이 공간을 베어내는 에스컬레이터
겹치는 줄무늬들 사이에서
거품들이 쏟아져 나와 사내를 흔들며 통과한다
먹이를 기다리던 노숙자
뿌리 없는 식물의 이파리를 움켜쥐고
길게 너울거리며 아이를 바라본다
불규칙하게 튀어 다니던 아이가 들뜬 느낌에 지쳐
빽 소리친다
전람회가 빨리 끝났으면 좋겠다
끝없이 계속됐으면 좋겠어
처음 투표권을 가지게 된 여자가 예민하게
빈 아기집을 수축시키며 진로를 바꾼다
하늘거리는 소매
반투명한 속살
파란 혈관
두려움과 기대를 감추고
방금 들여다본 시계를 다시 들여다보지만
사내는 시간을 알아내지 못한다

지하 광장
자신을 전시하며 늙어버린 열대어가
미동도 없이 미끄러지며
투명한 소금물을 잘라낸다

예민한 사람

그는 심장이 떨어지는 소리를 들었다 그의 눈이
회전하며 아무 것도 없는 바닥을 확인하고 뻣뻣한 화살표 하나를
줍는다 철제 의자에 정확한 간격으로 달린 다섯 개의 플라스틱
바퀴가 콘크리트 바닥에 출발점이 다른 평행선을
긋는다 그는 고무 타는 냄새를 약간 맡는다 공기가 조금
더워진다 일어나며 그는 수술한 오른쪽 무릎에서
뼈가 불연속적으로 마찰되는 소리를 듣는다 그의 몸이 움직이면서
방 안 공기의 흐름이 뒤죽박죽된다 슬리퍼가 끌리며
그의 뇌를 할퀸다 그는 종아리 근육을 긴장시키며 발가락을
안쪽으로 구부려 슬리퍼를 발바닥에 밀착시켜서 소리의 볼륨을
줄인다 그의 시선이 빈 벽을 사방으로 긁다가 책꽂이를
지난다 붉은 색 겉장의 책이 그의 안구로
뛰어든다 그는 일곱 개의 목뼈를 조금씩 비틀어 붉은 색을
시야 밖으로 밀어낸다 갑자기 허파를 압박하며 전화벨이

울린다 그는 첫 번째 파동이 시작되는 곳으로 달려가 지나친 힘으로
휴대폰을 집어든다 그의 왼쪽 귀가 찌그러진다

여보세요?

짧은 통화 종료음이 대답한다 휴대폰 메모리가 기억하고 있지 않은
번호에게 다시 전화를 걸고 음성메시지 안내 목소리가
받는다 휴대폰을 내려놓으면서 그는 다시 붉은 색에
찔린다 그는 책꽂이 쪽으로 달려가 붉은 색 표지의 책을
빼서 서랍 속에 집어넣고 그 책이 있던 공간이 의식되지 않게
그 칸에 있는 다른 책들의 위치를 조금씩
조정한다 그는 의자를 책꽂이 반대편 벽으로 향하게 하고
앉는다 그는 거칠어진 자신의 숨소리를
듣는다 붉은 색이 서랍 속에 있다 그의 머리가 좌우로 흔들리다가

경직된 열 개의 손가락으로 떨어진다 그는 일어나 천천히
거울 앞으로 다가간다 수많은
솜털과 모공이 늘어진 얼굴을 뒤덮고 있다

예민한 시계 날카로운 거울

이 순간이 기억되어야 한다고 그는 말한다 세월의 짧은 하루였다고 그의 예민한 시계가

말한다 과묵한 발걸음에 흔히 엉기는 신파조의 거미줄 깊은숨을 들이마시고 날숨

끝에 달라붙는 조잡해진 명사들 목줄기의 혈관들만 선명하게 부풀리던 때가

있었다고 그의 날카로운 거울이 말한다 그는 말을 믿지 않지만 말의 달콤함을

믿는다 거침없이 남은 날들이 앉을 의자에 칼을 꽂고 경련을 일으키는 기다림의 손목들을

학살했다고 예민한 시계가 말한다 자신 속에서 흰 형체로 소리 없이 일어나 모두들

제 자리를 지키고 있는 물건들의 흔들림을 쓰다듬고 창가에서 충혈된 눈동자로 바라보던

새벽녘의 빗소리를 아느냐고 날카로운 거울이 말한다 그가 안으로 통하는 철문을

열고 들어가 심야의 사진첩을 샅샅이 뒤진다 한 번 갔던 길을 고스란히 되물려와

산란하는 연어의 알들처럼 줄줄이 쏟아져 나오던 기억의

토막들도 흥미로웠다고 예민한 시계가

　말한다 까닭 없이 숟가락을 놓치고 찢어진 메모지 지워진
숫자들 아무 데나 내려앉는

　먼지들 무표정한 인사처럼 벽에 가 박히던 이마들도 제법
예리하게 빛나던

　파편들이라고 날카로운 거울이 말한다 주기적인 우울로
끼니를 때우던 시절이

　있었다 예민한 시계와 날카로운 거울이 깔깔대며 웃는다
깊은 곳으로부터 끊어질듯

　이어져 나오는 서곡의 도입부를 온화한 두근거림으로 듣
는다고 그가 말한다 예민한

　시계와 날카로운 거울이 녹슨 등허리를 보여주며 돌아선다

오후

무엇을 보았을까
공원 벤치
공기 속으로 풀어지는
눈동자의 검은 가루
잉크처럼
슬픔에 취해
젖은 그림자를 말리고 있던 오후
꿈인 듯
두리번거리며
이제 막 걸음마를 떼는 아기
이쪽으로 오길래
환하게 웃으며
팔을 활짝 벌렸는데
주춤 하더니
엄마 품으로 달려가 울음을 터뜨렸다
차량경보기처럼
깜박 깜박
끊어지려는 기억을
간신히 붙들고 있던

욕망

녹슨 혈관을 타고
마지막 식은 피가 돌아 나올 때
불빛들
온 몸이 분해되는 갈증으로
찬란하게 엎질러져 흐르는
무수한 거리들을 헤매고
기다려 팽창하는 시간이
바늘구멍 같은 네 영혼을
모두 빠져나갈 때까지
날카롭게 정지한 악취 속에서
단 한 방울의 맑은 액체를 생각해
표면이 없어서 아무 것도 비추지 않는
유전 하나가 송두리째 타오르듯
불의 머리카락을 하고
기다려 네 차례가 올 때까지

우울

벌이 어두운 꽃 속으로 걸어 들어간다

시공간의 곡면에 그어진 금을 따라
미끄러지며 떨어지는
그들의 은하

그의 심장이 검고 무거운 기체에 젖는다
핏줄들이 한꺼번에 팽팽해지고
변하는 표정의 액체가 컴컴한 계단을 걸어 올라온다
납작한 벽에서 곡선들이 형체를 그렸다 지웠다
다시 그리고 선들이 폐기한 공터에서
유리 가루들이 운동하는 공기가 쏟아져 나온다
불연속적인 경련이 우거진 신경망 끝까지 질주해
더러워진 길들을 비활성화하고 지름길을 찾아
벌목낮을 휘두른다 벌거벗은
거대한 이중나선구조의 탑
칠흑같이 어둡고 질척한 작은 방
그가 무릎을 끌어안고 몸을 웅크린다
길을 잃은 바람이 번쩍거린다

이상한 입체 도형 안
얼어붙어 있는 여러 겹
시간과 사건의 꿈

비둘기가 자신이 낳은 알들을 물끄러미 바라본다

일몰

절 부르셨나요
아이가 텅 빈 얼굴로 돌아본다
자신의 어둠만을 응시한 채
붉은 신호등이 경련을 일으킨다
아이의 눈동자가 황급히 지워진다
순환선 전철이
긴 등비늘을 번쩍거리며 지나가고
그는 관절을 서걱거리며 다가가
아이를 품에 안는다
알루미늄캔처럼 얇은 몸이 예리하게 구겨진다
아이의 목덜미가 가느다랗게 빛난다
이이의 간이 발갛게 부풀어오른다
새들이 핑크빛 하늘의
진부한 이미지 속으로 날아간다
절 아세요
아이는 여전히 멀찌감치서
비웃듯이 한쪽 입 꼬리를 올리며 웃는다
그는 아이를 검게 응고되어가는
구름을 배경으로 번쩍 안아올린다

한번만이라도 따뜻한 미소를 보여줘
가도 되죠
백짓장 같은 얼굴 위에서 천천히 입술이
증발하고 있다

작은 방

가끔씩 흐린 눈을 뜨는
녹색 형광등
그때마다 허공에서 멈추는 나방
축축한 어둠의 가루 흩날리며
곰팡이들 머리카락 너울너울 자라나고
육신이 닿았던 부분만 때에 전
사방연속무늬 장미넝쿨 벽지
궂은 날이면
이미 잘려나간 날개가 아파
파르르르
불에 덴 비닐장판 위를 뒹굴며
아직도 그대를 기다리는
작은 방

적색거성

당신이 달려 나와요
한쪽 발이 채 바닥에 닿기 전에
다른 쪽 발을 던지며
연약하고 냉소적인 알코올중독자들
게으른 먼지들을 걷어차며 달려 나와요
싱크대에서 더러운 접시들이 내려앉아요
테이블에서 리모컨이 떨어지고 티브이가 켜져요
아이들이 좋아하는 아동프로그램의 캐릭터가
거대한 머리를 돌리며 웃어요
아무렇게나 벗어놓은 당신의 티셔츠는
소파 등받이에 그대로 붙어 있어요
가슴과 등을 맞붙인 채
당신이 빈 술병을 걷어차고
당신의 맨발이 병 조각에 썰려요
당신은 개의치 않아요
당신이 문을 벌컥 열어요
문에 달려 있는 작은 종들 속
어설프게 주조된 달과 별들이 머리를 들이받아요
그들이 오기 전에

당신이 나를 감싸 안고 안으로 들어가요
문들과 창문들을 전부 걸어 잠그고
겹겹이 접혀 있던 커튼의 검은 뱃가죽을 잡아당겨요
레이스의 신경섬유가 끊어져요
당신이 나를 가장 어두운 곳
다락방이나 골방으로 데려가요
아니 테이블 아래 카펫 밑
비밀 통로로 연결된 지하실로 데려가요
당신이 지하실 구석의 궤짝을 열고
그래 아이스박스
아이스박스를 열고 나를 집어넣어요
불을 모두 끄고 아무 소리도 내지 않아요
쥐들을 부려 나를 쫓던 그들이
지쳐 가버릴 때까지
분노로 거대하게 부풀어 이글대다
꺼져버릴 때까지
나를 숨겨줄
당신이 달려 나와요
당신이 어서 달려 나왔으면 좋겠어요

그들이 나를 발견하고 점점 다가와요
당신의 집은 어디죠
그들이 여덟 개의 팔들을 높이 쳐들어요
겨드랑이 냄새가 지독해요
그들은 개의치 않아요
한낮의 태양이 그들의 팔뚝에서 주르륵 흘러요
당신이 달려 나와요
당신의 개도 혓바닥을 펄럭이며 따라 나와요

종이새

1.
그의 일과는 종이새를 접는 것으로 시작된다 10분쯤
일찍 와서 모가지에 스프링이 감긴 의자에 재킷을
입혀주고 그는 가로 세로 5 센티미터 크기로 복사 용지를
자른다 껌 종이를
사용할 때도 있다 아귀가 꼭 맞도록 기준이 되는 두 개의
대각선을
눌러 접는 것이 중요하다 전체의 3분의 1 가량의 시간이
여기에 소모되고 나면 손놀림에 가속도가 붙는다 엄지와
검지
손가락 끝의 굳은살과 손톱이 운동하는 동안 팔 근육이
미세하게
뒤척인다 완성된 종이새를 손금 위에 올려놓고 그는 4초
정도 그것을
바라본다 꼬리 부분을 잡고 창가로 가 사각형의 흰 창문
을 열고 천천히 손가락을
뗀다 처음엔 바닥에 닿을 때까지 그것이 그리는 궤적을
지켜봤지만 이젠
그렇지 않다 복도로 나가 자판기에서 밀크 커피를

뽑아들고 들어와 책상 위에 팔꿈치를 대고 종이컵의 온기를 느끼며 남은

6분 남짓한 시간을 보낸다

2.

뭔가를 끼적이면서도 그는 가운데가 잘려나간 종이를

흘끔거린다 컴퓨터 모니터에 글자나 그래프 대신 얼굴이 보일 때도 그는

그 종이를 바라본다 사각형의 구멍이 뚫린 메모지는 그의 것이다 12시가

가까워 오면 그는 자주 분침을 쳐다본다 식사를 하기 위해 현관을

나서며 바닥을 본다 길에 앉아 있거나 납작하게 밟혀진 종이새를

발견하기란 쉽지 않고 그의 걸음걸이는 과장된다 오후 3시경에 전화를

한 통 걸고 그의 손가락은 자판 위를 뛰어다닌다 좌상단이

스테이플러로 고정되거나 투명한 비닐 사이에 나뉘어 넣어진 종이들을

가져오기도 한다 4시 45분경에 3장 정도의 종이를 출력하고 복사실로
　달려간다 복사기에서 새어나온 불빛이 얼굴을 훑고 지나가는 동안 같은 내용의
　종이들이 쏟아져 나오는 것을 바라본다 그것들을 가져다주고 나면 사실상
　그의 일과는 끝난다 의자를 뒤로 젖혀 손깍지에 머리를
　눕히고 허공을 본다

3.
10분쯤 늦게 그는 건물을 나선다 어두운 네모 칸들을 올려다보며
　비례에 대해 생각한다 종이비행기는 날 수 있지만
　종이새는 날 수 없다

첫인상

비디오가게가 있는 길모퉁이 어린 소녀가
울고 있다 이른 새벽 차들은 시속 100 km가 넘는 속도로
달리고 놀란 쓰레기들이 수직으로 튀어 올라 공기의 멱살
을
잡는다 하수도 통풍구에서 이빨 빠진 김들이 흐물흐물
솟아오른다
소매와 깃에서 늙은 천은 군데군데 기억이
끊어져 있고 가슴에 큰 꽃 모양의 레이스가 달린 쥐색 아
동용
원피스와 새로 산 듯한 챙이 넓은 흰색 여름 모자 안에서
소녀는
경기를 일으킨다 아직 꺼지지 않은 가로등들은 차도만
바라본다
때가 겹겹이 끼어 멀리서도 잔주름이 훤히 보일 듯한
손등으로 소녀는 눈가를 문지른다 소녀의 얼굴 위로 얼룩
이
번진다 해가 손거울만큼 더 올라가고 출근길 눈인사를
연습하며 도시의 하늘은 핑크빛 아이섀도를
칠한다

새로 출시된 영화의 포스터들이 쇼윈도에 얼굴을 붙이고 거리를

　바라보고 그 틈으로 미키마우스의 웃고 있는 머리가 걸려 있는

　비디오가게가 있는 길모퉁이 한 소녀가 아직도 울고 있다 앞서 가던

　만삭의 여자가 가던 길을 되돌아와 소녀의 뺨을 찰싹,

　때리고 간다

청소부

청소부는 새벽 다섯 시의 고요를 밟으며
광장에 나타났다 어김없이
술집 앞에 쪼그리고 잠들어 있는
절망들을 깨워 첫 버스에 태워 보내고
광장을 청소하기 시작했다
노천카페와 성당 계단과 분수대 앞에서
시민들과 순례자들이 밤새 흘린 실언들과
의미의 찌꺼기들과 부러진 철자들을 쓸어 담고
그들이 먹다 버린 쓸모없는 꿈과
뜨내기들과 관광객들이 버리고 간
헛된 기대나 망상 따위를 모아
광장을 떠나지 못하는 날개 달린 주민들
비둘기들에게 던져주었다
서로의 닳아빠진 시간들이 숭숭 구멍 난
심장들을 느리게 빠져나가는 걸 확인하려
노인들이 하나둘씩 모여들어
눈동자의 물감들을 허공에 풀어놓고
학교에 가기 싫은 아이들이
으슥한 곳에 벽을 세우고

지루한 인생을 담배연기에 날려 보내고
일찍 쫓겨난 노동자들이 노천카페에서
소문에 살점을 붙이며
질투하거나 불안해했다
청소부는 사람들이 눈치 채지 못하게 다가와
그들이 버리거나 흘린 것들을 쓸어 담았다
마침내 성당 십자가의 그림자가
광장 동쪽 우물에 겹쳐지고
수도사가 오후 다섯 시의 종을 치면
청소부는 옷을 갈아입고
시청 관리에게 일당을 받았다
기타박스를 들고 분수대 앞으로
천천히 걸어가 자신이 만든 노래를 불렀다
기타를 치며
노동자들과 아이들과 노인들과
비둘기들과 관광객들과 뜨내기들과
순례자들과 시민들과 절망들이
나방들처럼 몰려들어 노래에 취했다
박자들이 자꾸 발을 헛디뎠고

음정들이 자주 몸을 비틀거렸다
물 한 모금 마시지 않고
쉬지 않고 노래하다
밤 여덟시의 들뜬 마음들을 어루만지며
청소부는 노래를 멈췄다 말없이
기타를 한 번 쓰다듬고
기타박스에 집어넣고
발밑에 던져진 몇 푼 되지 않는 돈과
주머니에서 꺼낸 몇 푼 되지 않은 일당을
사람들에게 골고루 나눠주었다
누군가 당신 누구냐고 물어보면
청소부는 청소부라고 대답했다
사람들이 돈을 세다 문득 고개를 들어보면
청소부는 흔적 없이 사라지고 없었다

초대

너에게 가 닿지 못하고 부러지는 눈길
어미 새들이 일제히 날아올라
붉은 울음을 뿌려대고
너는 그것들을 하나씩 주워 모아
서녘 하늘에 던지고 있다
당신은 언제쯤 흘러내리실 건가요
미역줄기같이 미끄럽고 희디흰 팔
왜 밤에서 밤으로만 건너다니시나요
너는 갯것들의 영혼이 녹아 있는
바람 한 묶음을 가져다 놓아주고
나는 죽은 잎들을 우수수 떨군다
당신은 젖지 않으려고 작정한 사람 같아요
나는 간신히 파도를 쥐었다가 놓아버리고
너는 젖은 몸을 거칠게 일으켰다가
흰 포말로 부서진다
네 등에서 은빛 비늘이 번득인다
칠흑 같은 바다 속
물고기들이 메스처럼 눈을 형형하게 빛내며
천천히 물의 속살을 가르고
결백한 소금의 씨앗들이 해저로 쏟아져 내린다

크리스털 꽃밭이 있었다

꽃밭이 있었던가
물컵 속의 얼음이 혼자서 딸깍거린다
경쾌한 광기로 징징대던 꿀벌
지쳐 유리창에 달라붙어 있다
숨을, 몰아쉬는, 투명한, 욕망,
욕망이 그를 죽일 것이다
얼음이 다시 조금 내려앉는다
물컵의 표면에 땀방울이 맺혀 있다
나는 유리창으로 이마의 미열을 식히며
유리창 너머
허공에 초점을 맞추고 있다
꽃밭이 있었을 것이다 틀림없이
꿀벌이 다시 머리를 들이받고
얼음은 이제 자신의 맑은 체액 위를 둥둥 떠다니고
모든 모서리들을 빛나게 하며 눈부시게 쏟아지는
크리스털 햇빛
젖은 구슬처럼 웅크린 널 바라보며 눈동자에서
실핏줄이 터지듯 울컥,
눈물보다 먼저 솟구치는 욕망,
욕망이 우릴 죽일 것이다

피맛

아침의 피는 향긋하다 붉은 거품을 흘리며 그는 흡혈귀처럼 즐겁다 바닥은

사각형의 흰색 타일로 되어 있고 흰색 페인트가 칠해진 천장을 향해 이를 드러내고 웃는다 거기

투명한 액체들이 스스로 명암을 만들며 늙은 젖꼭지들처럼 늘어져 서로를 비추며 서로를

비웃고 그도 솔직하고 명민한 감각을 가졌었다 어린 물고기처럼 그것은 놀라기 쉽고 자극이

와 닿으면 내부까지 훤히 내보이며 적확한 파동의 그래프를 그렸었다 토악질을 했었다 내장으로

목이 멜 때까지 찝찔한 맛과 비린내가 가느다란 신경 가닥을 사면발이처럼

붙잡고 다니는 것 같아 가로수 발등에 다시 헛구역질을 했었다 신물을 게워내고 헝클어진

기관들을 초침소리로 차곡차곡 재우며 걷던 아침 길 이미 더러워진 손수건으로 안경을

닦으며 치과에 가봐야겠다고 생각했다 잊었다가도 잠자리에 들기 전이면 감각들은

잊지 않고 하루 동안 튄 핏자국을 찾아냈고 어두운 동공

안을 쳐다보며 그는

　지금 무엇을 하고 있는지 묻는다 거울 앞에서 이를 닦고 있다 마취제가 남기는 끈적한

　단절의 느낌과 두통도 없이 그의 감각은 잠들어 있다 아침저녁으로 양치질을

　하지만 더 이상 피 맛으로 하루를 드나들지는 않는다 얼마나 많은 구둣발들이 닳아버린

　등골을 밟고 지나갔을까 하는 생각이 절지동물처럼 재빠르게 뒷목으로 기어간다 피맛을

　느끼려고 그는 혀를 움직인다 치약 냄새만 유쾌하고 그는 자신의 적응력에게 피가 섞인 침을

　뱉는다 그곳엔 피 묻은 입을 씻을 수 있는 단단하고 번들거리는 세면대가 있다

해바라기

탐욕스럽게 햇빛을 핥아먹는 해바라기

봄의 노래를 기억하지 않는다
갑자기 경련을 일으키는 이파리들
여행을 끝내고 돌아오는 바람

해바라기가 피를 조금 출렁거린다

모두들 닮고 닮은 공전의 궤도를 가지고 있고
한 철 내내 본능적인 확장을 지속해온
그도 순조롭게 한 사이클을 형성 중이다

얼굴에다 살찐 씨를 주렁주렁 매달겠지

다시 돌아올 바람
사나운 유전자들과 마지막 물기까지 모두 수확해가면
얼굴에 온몸에 남을 깊고 촘촘한 구멍들

불에 대한 갈증만 간절하게 자라나겠지